AF611626

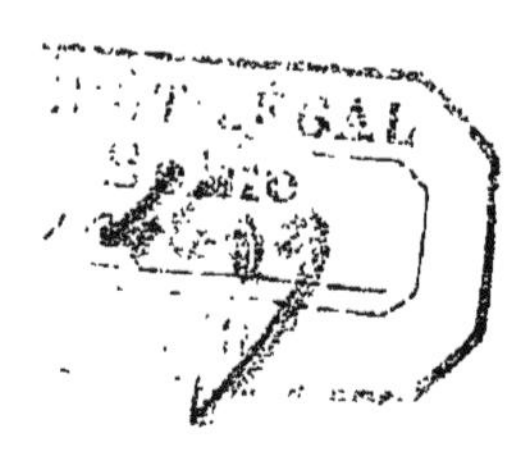

COUP D'OEIL RÉTROSPECTIF

SUR HAÏTI.

COUP-DŒIL

RÉTROSPECTIF

SUR HAÏTI

PAR

Prosper ÉLIE.

PARIS

IMPRIMERIE DE MOQUET,

11, Rue des Fossés-Saint-Jacques, 11.

1860

AU JOURNAL *LE PROGRÈS*.

Mon cher Heurtelou,

Je vous adresse un exemplaire d'une brochure qui présente une faible esquisse de notre histoire depuis 1843. — Ce que je vous envoie aujourd'hui n'est qu'un premier jet d'un travail plus étendu que je me propose de faire. Je soumets ces idées préliminaires à mes compatriotes avec l'espoir qu'ils y verront pour le moins, — dans toute l'humilité d'un style qui manque d'ampleur et d'érudition, — le sentiment patriotique qui m'a animé, et qui me dominera toujours.

M'inspirant aussi des sages et éloquents préceptes de M. Victor Cousin, je dirai avec lui : « L'homme est es- « clave dans le désir et dans la passion ; il n'est véritable- « ment libre que dans la volonté... » J'ajouterai *de bien faire*.

C'est donc avec cette ferme volonté *de bien faire* que je vous prie de donner le jour à cette petite étude dans votre journal, dont je m'estime heureux d'être aussi l'un des souscripteurs fondateurs.

Il est toujours utile d'avoir présentes à la pensée les leçons de l'histoire ; c'est même un devoir de ne jamais les oublier. Aujourd'hui, plus que jamais, tout Haïtien intelligent et équitable doit porter sa pierre dans cet édifice, tout mauvais que soient les matériaux qui doivent servir à l'édifier. Trève de ménagements exagérés ! Trève aussi de passions exaltées ! Ces deux extrêmes ne conduisent qu'aux abîmes. Prenons pour critérium un juste milieu sensé, logique, ayant pour base LA BONNE FOI. Donnons-nous cordialement la main sur ce piédestal de la Vérité, et marchons en avant, abjurant un long passé qui, en humiliant la nation, nous humilie tous.

Cet heureux résultat pratique peut être obtenu sans attaquer *individuellement* personne dans l'ensemble de nos faits politiques, et en ménageant également toutes les susceptibilités; sans abdiquer non plus toute indépendance personnelle, sans porter la *moindre atteinte* au prestige du gouvernement issu d'une glorieuse révolution, mais en sapant d'un bras vigoureux les fausses doctrines, les errements sur lesquels repose tout notre passé historique. Une ombre sans tache doit échapper pourtant à nos rigueurs, à notre amertume : c'est celle qui enveloppe la douce image de l'immortel Pétion et du vénéré Philippe Guerrier, comme le phare impérissable de notre beau idéal traditionnel ! Groupons-nous, au contraire, autour de cette nouvelle arche d'alliance, nous y retrouverons à coup sûr, dans toute sa pureté primitive, le feu sacré de la patrie.

N'attendons pas que la Parque ait moissonné tous nos hommes politiques pour nous occuper de notre histoire, et *surtout* pour profiter des bonnes et salutaires leçons qu'elle nous offre ! Morts et vivants doivent être passés au même creuset politique, en avouant des torts réciproques devant la jeune génération, qui a pu suivre de ses yeux innocents, nos calamités contemporaines ; et après avoir jeté au vent la poussière de cet auto-da-fé, en ne conservant que le germe fécond des bonnes maximes que nous pouvons en tirer, reprenons notre vol vers des horizons meilleurs, comme le phénix qui renaît de ses cendres. L'expérience, ce flambeau désintéressé, nous trace d'un côté une route semée de fertiles et précieux enseignements résumant toute une école qui a pour devise : *l'Union* ; de l'autre côté, la *Passion*, cet infernal mouvement de l'âme qui voile nos défauts pour mieux faire ressortir ceux d'autrui, nous montre de son doigt hideux et décharné le gouffre..... Lequel de ces deux chemins faut-il suivre ?

Ma lettre résume un cri de fusion : Entendons-nous !

Entendons-nous ! Puisse ma voix, toute faible qu'elle est, n'être pas méconnue des vrais enfants d'Haïti, et des vrais amis de notre nationalité !

Adieu.

PRÉFACE A LIRE.

L'auteur offre ce petit opuscule à ses concitoyens. Il a songé à sa patrie, qu'il aime encore davantage depuis qu'il en est éloigné.

L'Europe et sa civilisation inspirent le vrai patriotisme, et, à la vue des merveilles qu'elles étalent au monde entier, l'Haïtien bouillonne dans son sang, il se demande le cœur contrit, pourquoi son pays reste si arriéré.

Nous n'accusons personne ici ; nous pensons seulement bien faire tout en restant dans le vrai, en appelant l'attention de nos compatriotes sur les causes qui ont sans doute, *jusqu'à présent*, retardé notre marche : à eux d'apprécier ces lignes pour ce qu'elles valent.

Nous serions heureux, toutefois, si en faisant éviter de nouveaux écueils, elles peuvent concourir aux améliorations d'où dépend le bonheur de la commune patrie.

L'histoire est du domaine général. Ceux qui, comme l'écrivain, n'ont pas eu le fardeau des fonctions publiques et qui n'ont jamais écrit, ni pour ni contre nos puissances déchues, bornant leur rôle à l'ambition de conserver dans la vie privée une position honorable, ceux-là, réveillés aujourd'hui par la confusion des jugements portés sur notre passé politique, ont bien le droit de faire connaître le leur.

En politique les liens de famille ne constituent pas la solidarité, c'est justice; nous même en revenant sur le passé, laissons au temps le soin de justifier ou de blâmer les nôtres dans les postes élevés qu'ils ont occupés, du mal qu'ils ont pu faire, sciemment ou forcément; la conscience est là, en attendant le jugement impartial des hommes.

Paris, 1860.

P. É.

COUP D'OEIL RÉTROSPECTIF

SUR HAÏTI.

On doit la vérité aux peuples.
Victor Hugo.

Ainsi qu'il arrive aux pays parvenus aux premiers degrés de la décadence, le temps se passe en discusssions, en projets, en enquêtes stériles, en ordonnances, en paroles, enfin, et rien ne se fait.

En présence d'une situation aussi précaire, écrions-nous comme Horace : « Quel Dieu appellerons-nous au secours du pays qui menace ruine? Oh ! père des Haïtiens, jette un regard sur ta race oubliée, et à la vue de nos enfants innocents ne fuis pas indigné dans le ciel »

Nos tergiversations, nos réticences, nos tâtonnements, nos vivacités et nos langueurs, notre exaltation et nos défaillances, avouons-le enfin, notre mauvaise foi inspirent de justes appréhensions à tout bon patriote. Pour conjurer l'orage prêt à fondre sur nous, demandons au gouvernement une politique qui tende de plus en plus à l'égalité, à la sûreté, au bien-être de tous — choses des plus pratiques, — en s'occupant, au premier rang, de la subsistance, en favorisant l'abondance, et le vaisseau de l'Etat, dégagé des écueils qui l'arrêtent, reprendra sa marche en avant.

I.

Après les guerres de notre indépendance, le pays, longtemps en proie aux horreurs des dissensions civiles, venait enfin de faire une halte où il avait repris ses forces épuisées et un peu de stabilité. Les premières années de l'administration du président Boyer procurèrent à la république un soulagement à l'aide duquel elle vit sa nationalité définitivement reconnue par la France, les passions intestines apaisées, l'unité nationale établie sur les ruines de la tyrannie et de l'anarchie.

Pourquoi, hélas! devait-on s'arrêter en si bon chemin? Pourquoi n'avoir pas fait prospérer tant d'éléments d'homogénéité ? On se le demande en jetant un regard rétrospectif sur cette longue et stérile période d'un quart de siècle !... Quel mauvais génie pouvait paralyser dans sa marche une admininistration dont le début avait été si heureux ? Cette question se lève également dans l'esprit à la pensée des récriminations que poussèrent nos exaltés *patriotes* de ce temps en qualifiant, dans l'ivresse de la victoire que venait de leur donner la révolution de 1843, le sénat de Boyer de corrupteur et de corrompu.

Quelle aberration et quelle frénésie !

Laissons parler le *manifeste* révolutionnaire de ce tem s, dont nous rapportons ici quelques passages pour prouver l'état incandescent des esprits, alors ; il n'est pas inutile d'y puiser aussi quelqu'enseignement pour notre édification. . . . .

Qu'avons-nous fait jusqu'à présent pour consolider, agrandir et perfectionner l'édifice que nos devanciers ont si péniblement élevé? Dans quel état se trouve aujourd'hui le pays qu'ils ont conquis pour nous? Qu'avons-nous fait de tant de beaux exemples qu'ils nous ont laissés? Ces hommes généreux, dévoués, purs, qui fesaient notre gloire, ont-ils trouvé un grand nombre de successeurs? L'ambition, la cupidité, l'hypocrisie, la fourberie, la bassesse, la délation, l'égoïsme, n'ont-ils pas remplacé toutes ces vertus qui honoraient nos prédécesseurs? Quelle est la cause de ce déplorable état de choses? d'où vient notre hideuse misère? D'où vient le dépérissement de toutes les parties de l'administration? . . . .

. . . .

Voyez, très chers concitoyens, comment les vices de cette constitution ont été exploités par les ennemis des libertés publiques!.... Les trois pouvoirs à la fois, mettant en œuvre toutes les ressources insidieuses d'un despotisme hypocrite, alors qu'ils ne cessent de parler de principes, de bonheur général, de salut public, ont trouvé le moyen de fouler aux pieds les droits les plus sacrés du peuple, de nous enlever nos libertés une à une, et de réduire le pays à un horrible état d'abrutissement. Démoraliser les citoyens, les réduire à la plus affreuse misère pour mieux les asservir : telle est la tendance bien prononcée de ceux qui sont à la tête des affaires gouvernementales ; tel est le but vers lequel le despotisme marche chaque jour à grands pas . . . .

. . . .

Des impôts ont été votés; mais d'une telle manière que c'est surtout la classe indigente qui s'en est ressentie. Par suite d'une mauvaise et bizarre administration et la continuation de dépenses inutiles, ces subsides, quoique pesants, n'ont jamais pu suffire à niveler le chiffre de la dette de l'Etat. Au contraire, l'émission de plusieurs millions de papier-monnaie, cancer qui dévore le présent et qui menace l'avenir, offre la triste et cruelle certitude d'une banqueroute générale, d'une horrible banqueroute, dont les symptômes portent déjà la mort au pays...

Si nous jetons un coup-d'œil sur le personnel de l'administration publique, nous verrons la plupart des emplois, tant civils que militaires, occupés par des sujets incapables, immoraux, déconsidérés, qui n'ont su y arriver que par la flatterie, la délation, l'intrigue ou l'importunité; tandis que des citoyens patriotes, éclairés, consciencieux, vertueux, couverts de titres, reconnus par d'éminents services, parfaitement aptes, restent dans l'oubli, demeurent dans l'inactivité, s'ils ne sont persécutés. Quand le hasard en laisse quelques-uns dans les fonctions du gouvernement, on les enchaîne, on les baillonne, on les met dans l'impuissance de faire aucun bien. Vous avez eu à gémir, naguère encore, de ces injustes et nombreuses destitutions prononcées contre des employés intègres et méritants, par cela seul qu'à cause de leurs lumières et de la noblesse de leurs opinions, ils se trouvaient plus à portée de reconnaître les actes arbitraires du pouvoir, plus à même de souffrir de ses écarts.

La liberté de la presse, ce palladium de toutes les libertés, n'existe plus de fait; car les tribunaux ont perdu leur indépendance. Le peuple est trompé sur la manipulation de ses affaires; on lui débite sans honte les plus affreux mensonges; des citoyens respectables sont calomniés et vilipendés par des écrivains subventionnés; le pouvoir lui-même lance ses calomnies et ses outrages; et la légitime défense, par la voie de la presse, est devenue illusoire; l'on ne peut repousser les attaques dont on a été l'objet, ni publier ses pensées et ses opinions, sans s'exposer à être victime et de l'arbitraire des nouvelles lois liberticides et de l'arbitraire des sentences juridiques. Les Jefferies et les Fouquier-Thinville sont là pour envoyer à l'échafaud, aux cachots ou à l'exil, ou pour réduire à l'expatriation ceux qui osent se plaindre, ceux qui veulent éclairer leurs concitoyens, ou qui veulent remontrer leurs devoirs aux fonctionnaires. Grâce à la faculté accordée au chef de l'Etat de nommer même à des fonctions populaires; grâce à l'expectative donnée aux juges dévoués et serviles d'arriver au sénatoriat ou de passer à des places plus élevées; grâce à ce nombre de magistrats improvisés et de créatures du chef, à qui l'on remet la destinée des citoyens, les tribunaux sont devenus les dociles et les premiers instruments du pouvoir. Il les a armés du glaive de ses vengeances. Naguère encore, que de condamnations iniques, criantes, même au mépris de l'inviolabilité des députés du peuple, ont été prodiguées! Oh! quand la corruption envahit le sanctuaire de la justice, quand l'oracle qui rend les arrêts criminels devient parjure, tout, absolument tout, est perdu...

Comment tout ne serait-il pas perdu? Le jury, cette sauvegarde de l'honneur, de la vie et de l'innocence, cette institution qui donne à l'accusé les garanties d'une justice impartiale, libre et indépendante, le jury se trouve aboli dans presque toutes les causes criminelles. Ce n'est plus la vérité que l'on se propose en matière de délits; c'est la célérité dans les condamnations. Dans les nouvelles lois que le pouvoir exécutif a fait adopter à notre soi-disant corps législatif, on a oublié les premiers rudiments de la justice criminelle, on a évidemment méconnu que le but des tribunaux et des procédures est principalement de mettre l'innocent à même de se justifier.

Grand Dieu! en matière de législation, quel renversement de principes, quelle ignorance de la science des lois, quel oubli de l'expérience, quel mépris de tout ce qui a été fait chez les autres nations! N'avez-vous pas à gémir, n'avez-vous pas lieu d'être honteux, très chers concitoyens, de toutes ces abominables et bizarres lois civiles, qui rompent les relations sociales, qui brisent les liens de la parenté, qui jettent la perturbation sous le toit domestique, qui ravissent l'autorité maritale et la puissance paternelle, qui portent le fatal brandon des dissensions dans les familles? Cette perturbation, produite dans la société et dans les familles, n'a, toutefois, pour origine, que la vue de quelques intérêts particuliers, des fortunes de quelques personnes privilégiées.

Très chers concitoyens, n'est-ce pas parce que le gouvernement a repoussé de son conseil les hommes patriotes, éclairés, compétents et probes, qu'il a fabriqué et fait adopter au corps législatif, l'infernale loi qui établit les droits de douane en monnaie étrangère?

Ce système de monnaie étrangère dans les droits d'importation, en concours avec la circulation générale d'une monnaie nationale, d'une monnaie de valeur tout-à-fait idéale : ce système, sans procurer aucun avantage au trésor, a écrasé les masses, a tué le peuple au profit des capitalistes; il n'a fait que faciliter la fortune des spéculateurs étrangers.

Le bannissement de notre parlement, à quatre fois, des députés les plus patriotes, les plus judicieux, les plus libéraux et les plus courageux, à la suite des orgies politiques d'une majorité lâche, ignare, soudoyée par le pouvoir, est une page de notre histoire qu'il faut déchirer!...

C'est durant l'ostracisme lancé contre les tribuns capables, qu'ont été rendues toutes ces lois injustes, inconstitutionnelles, atroces, absurdes, ridicules, incohérentes, inexécutables. C'est durant ces sessions du vandalisme que tant de libertés ont été capturées...

Détournons nos regards du président Boyer; fixons-les plutôt sur les grands intérêts de la patrie : il ne s'agit en ce moment que des principes. Dans la balance de la chose publique, un homme n'est rien. Sans doute ce sont nos défectueuses institutions qui l'ont fait ce qu'il est Il sera par l'histoire attaché au pilori de l'infamie, ce chef dont le règne de vingt-quatre années a détruit les nobles travaux de nos aïeux, qui nous a ravi toutes nos libertés, sans exception : ce chef qui s'est gorgé de richesses et qui en a gorgé ses favoris, qui ne fait rien que pour ses satellites ; dont la politique n'a jamais été que de se maintenir au pouvoir, en sacrifiant l'intérêt général, en pratiquant un machiavélique *laisser aller*, en divisant les citoyens : ce chef qui s'est montré constamment l'ennemi acharné des progrès, des améliorations et de la civilisation, qui a tant de fois porté sa main sacrilége sur l'arche sainte de nos institutions.

Vous avez remarqué, et vous êtes outragés de voir qu'en laissant au président d'Haïti, la présentation des candidats au sénat, on a réduit presqu'à néant et la puissance de ce corps et celle de la chambre des communes. Bien plus, d'après les actes et les faits qui viennent de s'accomplir cette année, on a mis entre les mains du pouvoir exécutif un moyen de colorer ses coups d'Etat, un moyen de donner un caractère de constitutionnalité à ses usurpations.

Anathème! à jamais anathème! à ce liberticide sénat, à cet exécrable instrument de la tyrannie, qui a eu l'impudeur et la mauvaise foi de dire que le peuple ne parle point, ne demande point une autre constitution.

Très chers concitoyens, les peuples sont toujours criminels d'abandonner leurs droits; citoyens, voyez cette Haïti, malheureuse, souffrante, déguenillée, presqu'esclave; gémissant sous le poids de l'injustice et de l'arbitraire, abrutie sous le régime de l'immoralité !...

L'heure de la régénération a sonné !... Exécration et malheur ! cent fois exécration et malheur ! aux égoïstes, aux lâches, à ces enfants dénaturés d'Haïti, qui auront été insensibles à la voix de la patrie, notre première mère !... Cent fois exécration et malheur ! à ceux qui ne seront pas ralliés au drapeau de la liberté ! Guerre aux ambitieux qui chercheront à perpétuer le régime du despotisme !...

Hélas ! sans un autre système d'administration, aurons-nous l'espoir de réparer les maux que nous laissent les fléaux de la nature, les désastres du terrible tremblement de terre du Nord, dont Dieu peut-être nous a frappés en châtiment de nos crimes ? Ne nous faut-il pas aujourd'hui plus que jamais asseoir les bases du bonheur général, vivifier l'agriculture, activer le commerce, protéger l'industrie et les arts, propager l'instruction, encourager et favoriser les migrations, enfin augmenter, par tous les moyens, notre population et nos ressources ?

Dieu ne nous a-t-il pas punis justement, nous qui méconnaissons chaque jour, de plus en plus, sa sainte religion ? nous qui abandonnons ses autels, qui oublions les préceptes de l'Evangile, qui nous rendons indignes d'avoir été rachetés par le martyre de son Fils ? N'est-ce pas le règne des ténèbres qui perpétue le règne de la perversité et de l'idolâtrie ?...

En demandant le changement de la constitution, nous ne pouvons nous empêcher d'exprimer le vœu de voir abolir la présidence à vie. Il faut que le pouvoir exécutif sache que les chefs d'Etat ne sont que les serviteurs du peuple. En renouvelant périodiquement le personnel du gouvernement, on aura rarement à se récrier des inégalités de rang et de fortune. En ne conférant que temporairement la plupart des fonctions publiques, l'union dans les familles sera plus facilement et plus fortement resserrée.

Le pouvoir exécutif à vie, dans les républiques, a souvent servi de marche-pied à l'établissement de la monarchie : du moins, il laisse certainement la chance des cruelles angoisses, de la longue agonie de la *gérontocratie*.

Fait aux Cayes, le 1er septembre 1842, an 39e de l'Indépendance d'Haïti.

Le chef d'exécution, C. HERARD, aîné.

Le Président du Comité, HERARD DUMESLE.

En rapprochant le document précédent des griefs portés contre les gouvernements postérieurs, tombés sous le coup d'accusations analogues, sinon plus graves, ne devons-nous pas nous demander quel progrès nous avons fait depuis 1843, quelle conquête nous avons à enregistrer dans la voie de notre civilisation? La réponse ne peut être que négative. Servons-nous donc de cette boussole, la seule qui puisse utilement nous diriger dans le présent, en nous mettant sous les yeux nos errements passés.

Boyer voyait-il sa chute prochaine et prévoyait-il aussi l'injustice des hommes dans le jugement passionné qu'on allait infliger, de parti pris, à son administration, fût-elle bonne ou mauvaise! Doué de cette perspicacité qui constitue l'homme d'état, sentait-il le gouffre béant que laisserait entr'ouvert la révolution de 1843 à des ambitions insatiables? — Quoi qu'il en soit des événements qui sont venus confirmer ses prévisions, par les humiliations dont lui et les siens ont été injustement abreuvés et par les révolutions qui se sont succédé, rien ne peut absoudre, aux yeux de la postérité, l'incurie de son gouvernement. — Néanmoins, on doit reconnaître qu'il fut, après sa chute, plutôt victime des passions personnelles, que des torts réels qu'on avait à lui imputer. — C'est la conséquence des révolutions !

L'année 1843 semblait avoir posé notre premier jalon dans la voie du progrès. — Boyer, par une administration indolente et rétrograde, avait comblé la mesure d'un trop long *statu-quo*. — La génération de ce temps, suivant l'impulsion du siècle, voulut en finir avec un système rouillé. — La révolution eut lieu. — Une opposition éclairée posait, dans les journaux de la capitale, les principes de la régénération sociale. Boyer ne put contenir l'élan irrésistible qui l'entraînait vers sa chute, il se démit de ses fonctions. Naquit le gouvernement provisoire, à la tête duquel se trouvait le général Hérard, le héros de Praslin.

Succès éphémère pourtant !

II.

Pressé entre les radicaux, — car nous avons aussi les nôtres, — qui étaient dominés par l'ambition militaire, et une réaction conservatrice, d'autant plus menaçante qu'elle s'était rallié les partisans de Boyer, si outrageusement incriminés ; soupçonné de tendances trop modérées, Hérard Rivière disparut après quatre mois de présidence, laissant la guerre civile aux portes de la capitale.

Un fait digne de remarque témoigne de l'incapacité et de l'irréflexion qui marquèrent ce court espace d'une année :

De nouvelles élections pour la représentation nationale avaient lieu dans toute l'étendue de la république, pour remplacer la Constituante dissoute. Après d'ardentes, de chaudes discussions dans les assemblées, qui irritèrent les partis, la question de candidature revêtit un caractère grave en s'impreignant de l'idée de caste.

— Noirs et jaunes furent aux prises, se disputant les suffrages. Un défi fut jeté et accepté au sein de l'assemblée électorale, et dès lors se dessinèrent les partis.

Ces faits déplorables se passaient aux Cayes.

Une politique passionnée, suscitée de part et d'autre par des rancunes personnelles, avait amené ce triste conflit. Il prit tout à coup des proportions d'une gravité telle qu'il menaçait d'allumer la guerre civile dans toute l'île.

En cette occurence, le gouvernement provisoire, siégeant à Port au-Prince, mû par le sentiment de maintenir une juste pondération de pouvoirs et animé aussi du désir de rétablir la fusion pour conjurer les périls dont était menacée la société, se décida à envoyer une députation aux Cayes Elle eut pour mission de faire une enquête sur les circonstances malheureuses qui avaient eu lieu, d'en bien étudier toutes les particularités, pour tâcher d'arriver à un rapprochement des partis par la conciliation et la persuasion.

Ce résultat fut obtenu ; on sait quel heureux succès couronna cette démarche de la commission demandant avant tout l'*union*. Elle acquit ce précieux gage d'une fusion, dans le sein d'une assemblée, où elle fut solennelle ment promise et proclamée entre les deux champions, qui s'étaient quelques jours auparavant jeté le gant. C'était, à coup sûr, un triomphe pour le parti conservateur des deux nuances, qui se voyaient ainsi délivrés soudainement *d'un germe dissolvant:* car, ne nous le dissimulons pas, notre nationalité n'est possible qu'au prix de la plus franche et de la plus cordiale entente.

Que se passait-il sur un autre point de l'île, pendant la salutaire négociation que venait d'accomplir le gouvernement provisoire ? Le chef d'exécution, qui se trouvait alors dans la partie de l'est, poussé, malgré lui, dans des allures d'autocratie militaire, ignorant sans doute l'intervention pacifique du gouvernement provisoire, voulut, de son autorité privée, comprimer par la force le mouvement qui venait de se passer dans le sud; et, sans se concerter avec ses collégues, dont il n'était que le *délégué*, enfin, sans enquête préalable de son côté, envoya des ordres péremptoires d'arrestations et de proscriptions. — Tristes et maladroits expédients de la tyrannie et de l'absolutisme !

Le levain de la discorde civile, qu'un esprit modéré et sage eût complétement étouffé, se réveilla tout à coup dans le sud, dans le nord, dans l'ouest, partout la société fut ébranlée. Le 3 mai 1844, l'olivier de la paix refleurit, et sous la force de la situation vit réunis en un seul faisceau les membres épars de la famille Haïtienne, sous la bannière du vétéran Philippe Guerrier.

III.

Nous dirons, comme un de nos compatriotes : «Il comprima les anarchistes qui demandaient le partage des terres, et mourut après onze mois et demi d'un gouvernement équitable et modéré. »

IV.

Il fallut élire un nouveau président. Nous ne pouvons nous empêcher ici, en voyant le choix qui fut fait alors, de reconnaître que dans cette circonstance comme dans beaucoup d'autres, des ambitions personnelles se disputent le pouvoir pour n'en rien faire le plus souvent dans l'intérêt du pays.

Appelé à la présidence en 1845, le général Pierrot fut

élu à l'étonnement des départements de l'ouest et du sud. L'horizon politique se trouvant plus rasséréné à ce moment par une pacification récente, œuvre du vieux Guerrier, ce temps de recueillement aurait dû faire méditer nos hommes d'état, alarmer leur bonne foi contre l'ignorance, et l'empêcher de confier à des mains inaptes les rênes du pays. — En agissant contrairement on se jette *sciemment* dans le vague, on engage l'avenir dans une voie pleine de périls, et on subit tôt ou tard les déceptions les plus cruelles. — Quelquefois on y trouve son compte, en satisfaisant momentanément son ambition de grade et d'argent ; mais aussi combien l'on y perd, quand se montre le revers de la médaille !... Pour le peuple, lui, il ne voit qu'un escamotage dans ce perpétuel jeu de bascule, qui ne favorise que les plus hardis. — C'est ainsi que Pierrot, appelé au pouvoir, se trouvait entouré de quelques satellites qui avaient pour le moins autant en vue leurs intérêts propres que ceux du pays. — (Nous disons courtoisement satellites, pour ne pas employer le mot *sicaire* dont on a fait, ces temps derniers, un si étrange abus !) Relativement au chef lui-même, presque octogénaire, il était aussi peu soucieux du faste d'un brillant entourage, que des jouissances de la fortune, qu'il ne savourait que dans la juste mesure de l'ermitage. — Par un singulier contraste, il prodiguait les épaulettes, dont on marchandait peu le mérite. — L'écrivain confesse en passant, que gagné lui-même par cette fièvre qui avait envahi les jeunes têtes de l'époque, il se laissa entraîner à faire confirmer son grade de capitaine honoraire qu'il a conservé depuis.

Avec ses goûts simples, Pierrot se confinait la plupart du temps sur son habitation dite : « Camp-Louise », recevant là, dans tout le sans façon de la vie champêtre, ministres, généraux, conseillers d'état et même les représentants des puissances étrangères. Il passait ainsi dans cette douce retraite une bonne partie du temps consacré à la présidence. — Des actes se signaient là, quelquefois « *ex abrupto* », souvent sans être lus, d'autres fois falsifiés, tant est facile l'exploitation lorsqu'elle n'a pas à compter avec le savoir!

Il n'est ni injuste ni irrationnel de pallier, sinon d'absoudre les fautes des administrations qui ont à leur sommet des hommes entièrement ignorants, lesquels n'ont été placés là que *comme couverture* et pour satisfaire la cupidité de quelques-uns et l'ambition des autres. — Malheureusement, dans notre histoire, nous en voyons de tristes exemples ! A ce jeu, le crédit au dedans et au dehors s'affaiblit, une sorte de perpétuelle tension paralyse l'esprit public, l'intrigue encourage des ambitions sordides, et le vaisseau de l'état reste toujours à la merci des orages politiques, lorsqu'une dictature immédiate n'en est point la conséquence !

L'administration de Pierrot se mina d'elle-même par sa propre incurie. — Mais rendons justice à l'abnégation de ce vieillard.— Une fois démis de ses fonctions de président, il se *résigna* comme Cincinnatus, et mourut dans cette même retraite où il était naguère si puissant.

V.

Advint le général Richer par un habile coup de main. — Les antécédents peu favorables du nouveau chef porté à la présidence, s'effacèrent devant le « *salus populi suprema lex* », et tout cet échafaudage de crimes, imputés à tort ou à raison à ce général (crimes dont on crut voir le châtiment dans une difformité ou accident physique existant sur son visage), tout cela s'éclipsa pour faire place à une réputation qui devait bientôt, —hâtons-nous de le reconnaître, — démentir un passé présumé, pour marcher désormais dans la voie du progrès, à l'aide d'un ministère intelligent.

Pendant une année que dura ce pouvoir, les administrations financière et militaire, se réorganisèrent, le budget s'équilibra, la tranquillité s'établit sur d'assez solides bases. —Mais, malgré ces améliorations, que nous nous plaisons à constater, nous retrouvons encore ici l'influence de l'entourage rendu nécessaire par l'incapacité de l'élu. Une autorité qui s'exerce par *transmission* ou *intermédiaire*, constitue toujours, à notre sens, un abus fâcheux.

Si bien intentionnés que soient les hommes qui donnent l'impulsion et qui la dirigent, le pouvoir n'a *jamais* cet élément d'homogénéité et d'indépendance raisonnée qu'il trouve dans les mains du titulaire. Ce système de *couverture* abrite les responsabilités personnelles en se cachant quelquefois sous le masque des coteries et finit toujours par se rouiller et se pervertir. Ensuite l'homme qui n'a pas son libre arbitre et qui a conscience de son ignorance, est par ces seuls motifs, défiant, susceptible, irascible et tout naturellement plus enclin à écouter les conseils qui lui viennent du milieu dans lequel il a vécu. Doit-on alors s'étonner des irrésolutions, des difficultés, des mécomptes qu'entraîne le commerce que des esprits plus élevés entretiennent avec des hommes placés dans les conditions susdites?

On voit tout le danger de ces combinaisons étroites et

égoïstes. D'ailleurs, pourquoi ces demi-mesures et où peuvent-elles conduire? N'avons-nous pas des hommes jaunes et noirs assez *éclairés* qui puissent mériter le suffrage de la nation dans ces moments suprêmes où, fatiguée, harassée d'une fausse direction, elle demande à ses pères conscrits de rentrer dans la voie légale!

Le ministère de Richer ne fut pas lui-même à l'abri du danger que nous venons de signaler, car, si nous sommes bien informés, lorsque la mort de ce chef fut officiellement connue du public qui se portait au palais national, anxieux de l'avenir que lui ménageait cet événement inattendu, on attribue à l'un des ministres ce mot : « Il est mort à temps ! »

VI.

Encore une fois, pendant la courte période de quatre années, il fallait en venir à une nouvelle élection. Quatre présidents se succédaient dans cette petite république de 700,000 âmes depuis la chute de Boyer, enlevés les uns par la mort, les autres par les révolutions, et le pays, par un cruel arrêt du destin autant que par les fautes de ses gouvernants, laissé toujours en proie aux vagues inquiétudes de l'avenir.

La candidature du général Soulouque fut inspirée, dit-on, par la nécessité du moment. Ceux qui le connaissaient personnellement, affirmaient pour appuyer son élection que ses antécédents le rendaient digne des hautes fonctions dont il allait être investi. Son nom fut donc posé devant la nation comme l'épée de Damoclès qu'un trop long interim suspendait sur le sénat. On pressa l'enfantement, et après un long balottage, Soulouque fut proclamé, ceint de l'auréole que lui décernait un *petit nombre* de connaissances.

Le négligé de mise dans lequel le trouva la députation du sénat envoyée pour lui notifier le choix qu'on avait fait de sa personne, atteste de la surprise qu'il éprouva en apprenant qu'il allait être qualifié du titre de président d'Haïti. Il fut plus étonné de sa bonne fortune que ceux qui lui annonçaient cet insigne honneur ou pour le moins tout autant que certains membres qui composaient la commission.

Inutile d'ajouter que nulle intrigue n'avait émané de son *parti*, il n'en avait pas alors. Il était *seul* et ce n'était pas une des moindres considérations qu'on avait fait valoir en sa faveur sur d'autres candidats, dont on redoutait plus ou moins les affinités de famille, quoiqu'ils fussent bien plus éclairés que leur compétiteur. On mettait ainsi une nouvelle fois en péril les destinées du pays: — soyons assez francs pour l'avouer, — un peu par amour propre, un peu par intérêt personnel et par ambition. Nous laissons sans rancune et sans arrière-pensée, à chacun sa part de responsabilité dans ce drame de notre histoire, comme aussi le soin de se juger soi-même, la main sur la conscience en s'avouant son *meâ culpâ, meâ maximâ culpâ !*

Le général Soulouque parvint au faîte, dégagé de toute influence de parti, il trouva un ministère tout formé, il n'eut qu'à le maintenir; la tâche étant facile dans sa nouvelle carrière, le programme étant dicté à l'avance. La bonne impulsion donnée par le ministère de Richer se maintint, secondée par l'habileté et surtout l'activité que déployèrent les ministres dans leurs attributions respectives ; mais, *l'homme propose et les événe-*

ments disposent ; il est facile de prévoir que le prestige ministériel ne se *soutint* pas longtemps.

Soulouque après un an de tutelle sentit sa force matérielle; de même que l'enfant se dégage petit à petit des langes qui l'emmaillotaient, ainsi notre chef d'Etat transformé, sceptique à sa manière, poussé par un violent parti réactionnaire qu'il s'était formé en dehors de son conseil voulut s'émanciper à son tour, prit son rôle au sérieux et fit envoler, dès lors, les rêves d'un beau jour! Les regrettables et sinistres événements de 1848 prouvèrent de rechef, qu'il est toujours dangereux de se draper du manteau d'autrui pour atteindre un but, quelque louable qu'il soit.

La leçon fut dure; manquerons-nous encore d'expérience? Cet enseignement sera-t-il perdu?

L'antagonisme de caste, ce funeste fléau, comme un vautour affamé qui cherche sa victime, se réveilla plus terrible que jamais pour s'abattre sur notre malheureuse patrie! Le sang de tous nos braves, jaunes et noirs, qui l'ont arrosée pour nous la donner belle et sans tache nous crie en vain de nous *unir* pour consolider et faire fructifier le bel héritage qu'ils nous ont légué! Vœux superflus! Comme Tantale, que la faim dévore au milieu de l'abondance; comme Sysiphe qui s'efforce d'asseoir son rocher sur les cîmes de la montagne, nous échouons toujours; les prières de nos pères et nos efforts ne peuvent vaincre cette hydre à cent têtes prête à nous engloutir!.. Mais, non, Haïti pourtant ne périra pas! L'orage dissipé, resserrons nos liens, ayons la foi de l'avenir, la foi du progrès, la foi de notre nationalité, la Providence est haïtienne.

Nous comprenons les justes plaintes de ceux qui furent

frappés à cette époque, des rigueurs de la tyrannie et du despotisme, les uns par la mort, les autres par l'ostracisme ! A ceux là laissons les récriminations, les vengeances; nous ne les en blâmerons pas, bien que nous ne puissions admettre la dangereuse doctrine des *représailles en* politique. Ce corollaire des révolutions est un poison, quand on en fait un abus, et notre histoire nous en fournit suffisamment de preuves pour qu'il ne soit pas besoin d'en aller chercher ailleurs. Mais dans ce concours de circonstances complexes qui marquent ces événements déplorables, ne déplaçons pas le fardeau d'une responsabilité qui pèse en définitive sur la nation, pour le reporter sur un petit nombre. Soyons justes avant tout ; que chacun dans le personnel gouvernemental qui a existé, porte un peu sa peine dans ce lugubre passé, qui n'est à vrai dire la charge de personne, mais l'ouvrage de tous. En un mot, soyons conséquents.

Ne nous arrêtons pas plus longtemps sur cette triste épopée qui embrasse ce règne de 10 ans; elle est suffisamment connue de tout le monde, par nos journaux au dedans, et au dehors par l'article dont a bien voulu nous gratifier M. Gustave d'Alaux, dans la *Revue des Deux-Mondes*. — Les faits relatés sont vrais, en général, à part certaines petites irrégularités et en ne tenant point compte de la forme *grotesque* dont l'auteur a jugé convenable d'envelopper tous les nègres et les mulâtres : Absolutisme, Dilapidations, proscriptions, en un mot chaos pendant dix années : voilà le sombre résumé de cette décade pour l'histoire : c'en est bien assez !!!

VII.

Le temps nous fera mieux connaître cette époque. Après avoir flétri le règne de Soulouque, c'est au gouvernement qui l'a remplacé par la glorieuse révolution du 22 décembre à le stigmatiser en offrant un terme de comparaison qui établira le piédestal de l'un sur les ruines *incontestées* de l'autre. En attendant, sans nous montrer trop indulgents, bornons-nous à gémir sur ce passé jusqu'à ce qu'une enquête minutieuse, qui attachera au pilori de l'histoire les vrais complices de Soulouque, nous fasse bien connaître ce labyrinthe. Après ce contrôle qui sera sans doute soumis comme pièce justificative pour les uns, comme juste châtiment pour les autres à l'édification des générations futures, l'histoire prononcera alors en dernier ressort. « Car c'est l'histoire qui voit de loin, de haut et à fond, et qui, lorsque son tour arrive de juger les actes d'un gouvernement, les condamne lorsqu'ils sont mauvais et en fait peser la responsabilité sur la nation tout entière. » La solidarité est là; courbons la tête d'avance devant le jugement de la postérité.

Dans cet exposé succinct, on voit que la *droiture* n'a pas été toujours le partage des hommes politiques qui ont pris l'initiative de nos mouvements révolutionnaires. Nous le répétons, c'est la cause de nos malheurs; c'est en même temps, ce qui a continuellement assombri, sous nos gouvernements passés, l'horizon de notre malheureuse patrie, seul coin du globe pourtant, confié aux labeurs de la race africaine.

Il est temps de nous recueillir en nous-mêmes. Hâtons-nous de déposer, aux pieds de l'arbre sacré de la liberté, toute rancune, toute récrimination, et, dans l'intérêt de notre indépendance, ne nous laissons plus dominer que par la *seule pensée* de réparer au plus vite les fautes de nos devanciers en faisant mieux qu'eux. C'est à cette condition, bien entendu, que la République du

15 janvier n'a accepté l'héritage de l'Empire, que sous bénéfice d'inventaire.

La Presse a son rôle à jouer pour concourir à cette belle œuvre de régénération. — Étant à l'intelligence ce que la vapeur est à la matière, c'est à cette puissance intellectuelle, dans les bornes de la convenance, d'une saine raison et d'une sagesse réfléchie, à frayer la voie à nos gouvernants en signalant les abus et en relevant le *juste* mérite, toujours avec cette passion courageuse de la vérité qui, seule, doit l'inspirer.

Dans ce perpétuel milieu où se puisent, se renouvellent, malgré nos révolutions, toujours les mêmes hommes, nous en trouverons, il faut l'espérer, d'assez indépendants pour ne plus accepter des positions fausses; alors le peuple, formé à cette école, ne subira plus à son tour une nouvelle humiliation de la dictature soldatesque. — Nous avons eu nos Tibères, nos Sejeans, aux pieds légers; — sous tous nos gouvernements, ces personnages se présentent à l'esprit plus ou moins modelés sur la forme originaire de la Rome antique : pourquoi n'aurions-nous pas aussi nos Curtius ?

Gardons nous, en vérité, de retomber dans « l'ignorantisme », comme nous le disions au lendemain de la révolution. — Pour cela, évitons surtout des incohérences et des étrangetés de la nature de celles commises par la *chambre de Soulouque voulant mettre en accusation le ministère de Soulouque.* Une boutade pareille n'est-elle pas inqualifiable ?

Aux enfants actuels d'Haïti appartient la noble mission de contribuer aussi, à la régénération du pays en conciliant, dans une juste mesure, les attermoiements de nos pères avec les exigences du présent. Arrière de vaines discussions trop souvent empreintes de personalités blessantes. Élevons-nous dans un ordre d'idées supérieures et au-dessus des trivialités et des frivolités d'un langage banal. La massue d'Hercule métamorphosée en quenouille et le crâne dénudé de Samson nous apprennent à nous tenir en garde contre les exagérations.

Au gouvernement incombe le devoir impérieux des réformes dont nous avons tous soif. — Autant l'autorité est grande, autant les effets de ses actes doivent être efficaces.

Trois choses doivent être attaquées de front :

Les mœurs,

L'agriculture,

Les finances.

Ce sont là les pierres angulaires, les assises de notre édifice social si nous voulons *sérieusement* prouver au monde civilisé que nous ne sommes pas une race dégénérée. La prospérité nationale coulera de cette triple source par les artères du commerce et de l'industrie, deux branches capitales qui se dessèchent chez nous !

A l'œuvre donc, le temps presse, plus d'exploitation de l'opinion publique ! A la faveur d'une discussion libre, franche et éclairée, *le bon sens public* sera désormais l'arbitre suprême des améliorations soumises à son appréciation. Armé de son droit et de la raison, il fera respecter cette sublime devise qui doit être gravée dans le cœur de chacun de nous. « Le progrès par l'ordre et par la liberté. »

www.ingramcontent.com/pod-product-compliance
Ingram Content Group UK Ltd.
Pitfield, Milton Keynes, MK11 3LW, UK
UKHW020404250726
13967UKWH00005B/2463